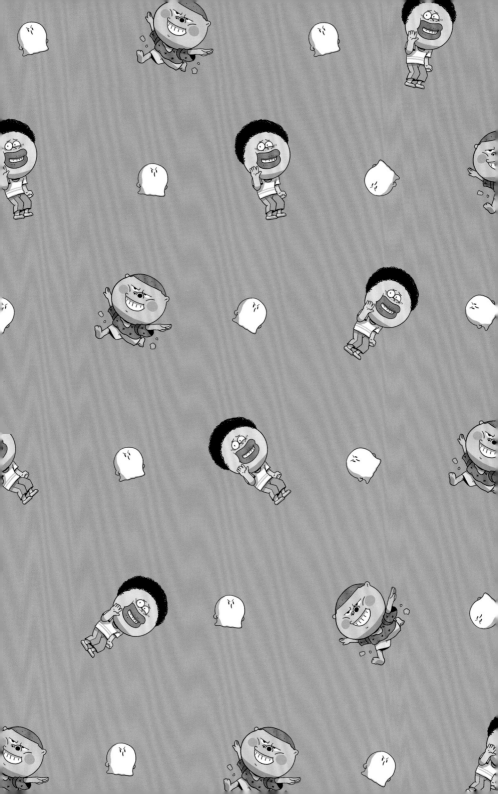

慌失失捉鬼團 3

一個一個變木頭人

羅熊氏 著 ｜ 車車 繪 ｜ 何莉莉 譯

慌失失捉鬼團 3

一個一個變木頭人

作　　者：羅熊氏（라곰씨）

繪　　圖：車車（차차）

翻　　譯：何莉莉

責任編輯：林沛暘

美術設計：陳雅琳

出　　版：新雅文化事業有限公司

　　　　　香港英皇道 499 號北角工業大廈 18 樓

　　　　　電話：（852）2138 7998

　　　　　傳真：（852）2597 4003

　　　　　網址：http://www.sunya.com.hk

　　　　　電郵：marketing@sunya.com.hk

發　　行：香港聯合書刊物流有限公司

　　　　　香港荃灣德士古道220-248號荃灣工業中心16樓

　　　　　電話：（852）2150 2100

　　　　　傳真：（852）2407 3062

　　　　　電郵：info@suplogistics.com.hk

印　　刷：中華商務彩色印刷有限公司

　　　　　香港新界大埔汀麗路 36 號

版　　次：二〇二一年一月初版

ISBN: 978-962-08-7667-7
기괴하고 요상한 귀신딱지 3 © 2020 by LAIKAMI
All rights reserved
First published in Korea in 2020 by LAIKAMI
This translation rights arranged with LAIKAMI
Through Shinwon Agency Co., Seoul
Traditional Chinese Edition © 2021 by Sun Ya Publications (HK) Ltd.
18/F, North Point Industrial Building, 499 King's Road, Hong Kong
Published in Hong Kong
Printed in China

慌失失捉鬼團 ③

一個一個變木頭人

羅熊氏 著 ｜ 車車 繪 ｜ 何莉莉 譯

新雅文化事業有限公司
www.sunya.com.hk

角色介紹

古仔

一位能看見鬼魂的少年，他巨大的左邊鼻孔可以聞到鬼魂的氣味。他通過「鬼符文具屋」，從1980年代穿越到現在。

蛋蛋鬼

一隻因為煮得太久而遺憾地死去的雞蛋鬼魂，他在捉鬼團中擔當重要的情報員。

羅烏冬

一位膽小的少年，非常非常怕鬼。他聽信文具屋大叔的話，一直努力收集惡鬼符咒，以解除看到鬼魂的詛咒。

文具屋大叔

在過去50年間，他表面上是「鬼符文具屋」的老闆，實際上卻是捉鬼的人間守護天使——木偶。他最近迷上了女團「粉紅少女」，以致無心工作。

金先生

開心雜貨鋪的老闆，他跟「鬼符文具屋」老闆是一對歡喜冤家，更是永遠的死對頭。

咒語婆婆

咒語餅店的老闆，真正身分同樣是「木偶」。她憑着豐富的捉鬼經驗和情報，給了古仔和烏冬不少幫助。

地獄使者

　　文具屋大叔一邊哼着女團「粉紅少女」的歌，一邊將貓糧放在地上。

　　貓兒苦心彷彿嗅到了食物的氣味，慢悠悠地走向鬼符文具屋。誰知牠突然豎起全身毛髮，還尖叫了起來！

　　「喵嗚嗚嗚！」

　　大叔嚇了一跳，疑惑地問：「怎麼了？不喜歡吃這個嗎？」

　　與此同時，他背後浮現了一個陌生的黑影。

原來是負責收集鬼符的地獄使者！

「該來的始終要來……」文具屋大叔嘴裏吐出這一句話後便站了起來，換上笑臉轉身走過去。

他笑盈盈地說：「哎喲，看看是誰來了！使者大人，最近過得好嗎？天氣這麼熱，不如進去裏面談吧，我來給你沖冰咖啡……」

地獄使者沒有回答，只是快速翻閱《鬼符登記冊》一遍，然後質問他：「這段時間，你好像連一個鬼符也沒有上繳呢。」

大叔緊張得咽了一下口水。

「很……很快就會繳交！」他央求着，「請你通融一下吧，我會連同之前欠下的，一起繳交一百個！」

地獄使者決絕地搖了搖頭，道：「不行，已經給過你機會了。」

地獄使者從腰間取出一件神秘道具——快板，再用力拍打出「噠噠噠」的聲響，二人身後隨即出現了一個黑洞。

等……等一下啊，**使者大人！**

地獄使者一把抓住慘叫起來的文具屋大叔，
跳進黑洞裏頭。不消一會，就再也聽不到大叔
的叫聲了……

呵欠

古仔午睡醒來，完全不知道這裏剛才發生了什麼事。他走到文具屋外，到處尋找大叔。

「唉，肚子餓了！大叔，有東西吃嗎？」

伏在古仔頭頂的蛋蛋鬼難以置信地望着他，沒好氣地說：「你肚子裏是不是有一隻餓鬼？你午餐明明吃了三個杯麪，這麼快又餓了？」

「不許你胡說！我平時要吃五個杯麪才夠飽的。」

「什麼？真的嗎？」古仔吃驚地問。

「當然是開玩笑的啦！我上次告訴過你，木偶是不能離開鬼符文具屋的。」蛋蛋鬼回道。

古仔抓了抓頭，說：「既然如此，他去了哪裏呢？難道⋯⋯」

蛋蛋鬼凝重地重複古仔的話：「難道？」

14

「哎呀！到處都找不到他啊！」古仔咕噥着。

於是他將雙手放在嘴邊圍成喇叭一般，向遠方高聲呼喊「大叔」，可依然沒有半點回應。

「發生什麼事呢？木偶到底去了哪裏？」連蛋蛋鬼也開始覺得不太對勁。

這時，古仔發現了一個奇怪的東西。

「那是什麼？」

不知從哪裏飛來了數十隻烏鴉，牠們繞着鬼符文具屋飛來飛去。

此起彼落的烏鴉叫聲中還夾雜着烏多痛苦的尖叫，原來有一羣烏鴉在啄他那亂草般的頭髮！

突然，一輛汽車從小巷中衝出來，朝着兩個孩子高速駛去！

　　「嘩啊啊！老⋯⋯老鼠竟然會說話！」烏多放聲尖叫。

　　「什麼？」古仔和蛋蛋鬼聞聲而至。

　　那隻老鼠望着眾人吃驚的模樣，不禁從鼻孔噴出一口氣，「噗」的一聲恥笑起來。

「這是『鬼鼠』？」蛋蛋鬼猜測。

「什麼鬼祟？」

「不是鬼祟，是『鬼鼠』。它是一隻長得像老鼠的惡鬼，最喜歡吃動物的屍體。」

「惡……惡鬼？」烏多聽了馬上退後一步，盡量遠離那隻「老鼠」。

蛋蛋鬼果然厲害，這麼快便看穿我的身分。木偶剛剛給地獄使者抓住了，現在這裏已陷入一片混亂，吱吱吱！

　　古仔一把抓住鬼鼠，問：「大叔到底去了哪裏？你快給我說清楚！」

　　哼！我為什麼要告訴你？吱吱！

　　鬼鼠冷冷地望了一眼古仔，便用力掙脫他的手，再鑽進牆壁之間的夾縫，消失不見了。

　　蛋蛋鬼看着古仔和烏多，說：「先進去文具屋吧，我有話要告訴你們。」

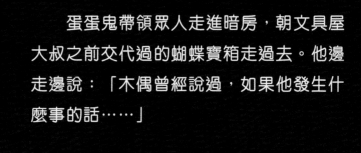

蛋蛋鬼帶領眾人走進暗房，朝文具屋大叔之前交代過的蝴蝶寶箱走過去。他邊走邊說：「木偶曾經說過，如果他發生什麼事的話……」

就打開這個寶箱看看。

你站前面。

別推。

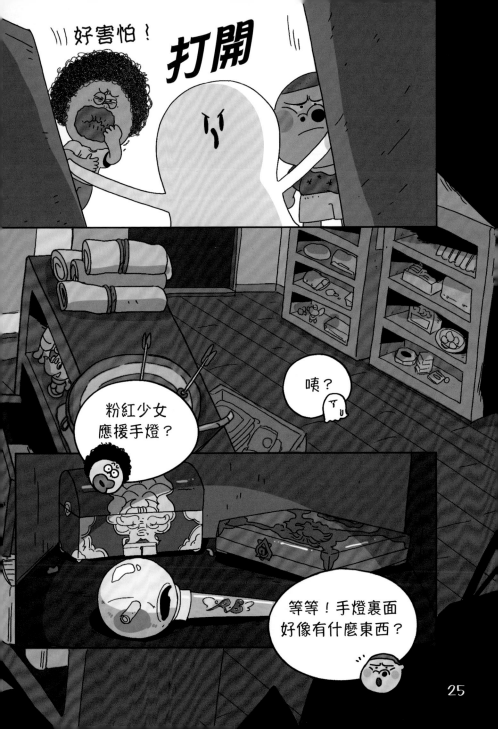

「嗯，大叔為什麼要我們去餅店呢？」烏多疑惑地問。

古仔眨眨眼睛，似想到了什麼。

「肯定是要我們去吃點心，替大家打打氣啦！」

蛋蛋鬼無奈地搖頭，道：「不是這樣的。每個社區都有一個負責守護那區的木偶。就像開心區有鬼符文具屋一樣，畫雨區也有類似的商店。那就是說，大叔要你們去找咒語餅店的木偶。」

說罷，地板竟然開始上下晃動！

是地震嗎？

掉

搖搖欲墜

痛！

震動越來越強烈，使櫃子上的東西不斷掉落下來！

在命懸一線之間，一張原本放在蝴蝶寶箱裏的橙色紙飄向蛋蛋鬼。

「這不是木偶寫的符咒嗎？」

古仔、烏冬和蛋蛋鬼一騎上彈跳馬，就像一枝箭似的衝出鬼符文具屋。

　　古仔和烏多緊抱着彈跳馬，沿斜坡跌跌撞撞地滾了下去。

　　當蛋蛋鬼看到斜坡盡處那塊寫着「咒語餅店」的招牌時，他連忙大喊：「停！快停下來！」

　　可是，他們根本沒辦法讓彈跳馬減速。

立即停下！

眾人狼狽地向前彈跳，好不容易來到了咒語
餅店。

待他們回過神來，蛋蛋鬼已一馬當先衝了進去
大喊：「咒語婆婆在嗎？」

突然，一個神秘的身影從古仔背後竄出來。

「咦？是蛋蛋鬼？」

咒語婆婆看到蛋蛋鬼似乎相當高興，但她的臉色隨即沉下來，道：「你為什麼過來這裏？文具屋那小子又闖了什麼禍？」

她顯然不怎麼喜歡文具屋大叔。

「咒語婆婆，你誤會了。我過來這裏是為了跟──」

蛋蛋鬼試着解釋，卻被她打斷了：「這兩個小孩是誰呀？」

咒語婆婆挑挑眉，繞着古仔和烏多環視了一圈。

烏多鼓起勇氣跟她打招呼：「你……你好！」

但婆婆沒有回應，只是眼神凌厲地盯着他身旁的古仔，問：「你是怎樣來到這裏的？」

我……是騎彈跳馬過來的。

生氣

我不是說這個！

　　「哈哈！古仔確實比較老套，很像以前的人，對吧？」

　　烏多興奮地嘲笑古仔，沒想到蛋蛋鬼嚴肅地說：「羅烏多，古仔真的是從過去來的人。」

　　「我知道，一眼就能看出來啦！哈哈哈！」烏多捧着肚子笑個不停。

　　古仔終於忍不住插話：「這是真的。」

　　不過，烏多依舊不相信。

咒語婆婆毫不在意眼前這場鬧劇，繼續上上下下、左左右右地審視古仔，好像想從他身上看出什麼。

她問：「這次又碰到什麼倒霉事了？」

蛋蛋鬼焦急地回答：「咒語婆婆，木偶不見了，所以我們才來找你。」

「文具屋那小子不見了？為什麼？發生了什麼事？」咒語婆婆吃驚地望着大家。

難道……是因為鬼符？

？

嗯。

烏多高舉雙手，大聲叫道：「等等！大叔究竟怎麼了？你們說的話，我一點都沒聽懂。」

　　「所有木偶都要向地獄使者繳交鬼符，」咒語婆婆惶恐地踏前一步，「如果不準時提交……」

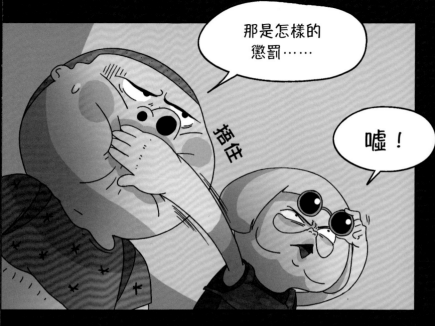

　　咒語婆婆捂住古仔的嘴巴，緊張地說：「隨便
亂說會出事的！給別人聽到怎麼辦？」

　　「除了鵝們又悶有企他人。」（翻譯：除了我
們又沒有其他人。）

　　「廢話！你沒聽說過隔牆有耳嗎？」婆婆伸手
指向門外。

　　原來在餅店外面的某個角落，有好幾隻烏鴉正
在徘徊。

蛋蛋鬼打算動之以情，誠懇地說：「木偶說過他發生了什麼事的話，就去咒語餅店找你幫忙。」

咒語婆婆似乎很受落，翹起一邊嘴角笑說：「文具屋那小子，總是要給我添麻煩。之後怎麼樣呢？」

「木偶一消失，鬼符文具屋就接連發生奇怪的事情。」

古仔和烏冬馬上點頭附和。

「烏鴉在店外亂飛，汽車也突然撞過來！」蛋蛋鬼續道。

「對呀，剛才地面還搖晃起來呢……」古仔的話一出口，地面便傳來一陣巨響，大地又開始劇烈震動了！

「啊啊啊！又來了！」烏冬嚇得趴在地上，不停顫抖，幸好地震在幾秒後就停止了。

不過經歷地震後，商店的牆壁出現了裂縫，木地板也劈劈啪啪的裂開來。

咒語婆婆警惕地四處張望，然後她的目光落在地面，說：「這個……是什麼？」

大家同時望向地上的裂縫，發現有一條黑色的東西正冒出頭來。

「不過，氣味有點不一樣。」

烏多一臉不相信的斜眼看着古仔，問：「哪裏不一樣？」

「聞起來臭臭的。」

烏多馬上捂住自己的鼻子，抱怨道：「喂，是你的臭腳味吧？你老是不穿鞋到處跑。」

古仔反駁：「不穿鞋又怎樣？等等！還有一陣奇怪的花香味。」

這句話倒嚇壞了蛋蛋鬼。

「花香味？」

咒語婆婆的神色驟然變得凝重，她喃喃地說：
「難道……是死神之花盛開了嗎？」
「死神之花？那是什麼？」古仔問。

這是地獄的花朵，絕對不能在人間綻放。

烏冬在蛋蛋鬼耳邊悄聲問道：「如果在人間開花的話，那會怎麼樣？」

　　「嗯……就像盛放的花朵會吸引蜜蜂和蝴蝶一樣，死神之花盛開時，所有惡鬼將會蜂擁而至。」蛋蛋鬼恐慌地說，「還會不斷發生類似剛剛那樣的災難，讓整個世界陷入一片混亂！」

　　古仔皺起眉頭思索了一會，說：「全部惡鬼都會聚集在這裏？那麼……」

就在古仔與烏冬爭吵不休的時候，咒語婆婆深深吸了一口氣，喝道：「夠了了了了了了了！」

　　二人瞬間安靜下來，不再多言。

　　於是婆婆打開隱藏在畫框後面的壁櫃，拿出一張破舊的紙鋪在地上。蛋蛋鬼看了一眼，馬上就知道那是什麼。

　　他說：「這張地圖顯示了各個木偶所在的位置吧？」

咒語婆婆用枴杖指着地圖，繼續說下去：「沿着這條路一直走，就會看見恩惠花店。那位木偶對花朵無所不知，一定知道除去死神之花的方法。只要說出是畫雨區的木偶吩咐你們過去，她自會明白該怎樣做。」

　　就在這時，咒語餅店外的烏鴉羣突然吵鬧起來。

說時遲那時快，不知從何處飛來的
黑色花瓣已將咒語婆婆團團包裹住。
「你們快……逃……」

旋旋轉一

奇怪的花店

　　古仔和烏多好不容易逃出了咒語餅店，便立即奔向恩惠花店。

　　蛋蛋鬼喃喃自語：「我就知道咒語婆婆也會出事。」

　　烏多抬眼看看頭上的蛋蛋鬼，問：「現在究竟發生了什麼事啊？」

　　「嗯，我也說不准，但這顯然跟死神之花有關……」蛋蛋鬼摸着圓圓的下巴，陷入沉思。

　　半晌，他終於再次開口：「至少我們可以確定一件事……」

烏冬咬一咬唇，擔憂地問：「什麼事？」

蛋蛋鬼正色道：「今晚黑夜結束之前，一定要除去死神之花，否則……」

這時，拿着地圖一路向前跑的古仔匆匆停下腳步，說：「咦？不是走這條路嗎？」

古仔和烏冬互相爭奪地圖，居然不小心把地圖撕破了。

撕破

咦，已經到了？

恩惠花店

都是你的錯！

幸好找到。

儘管他們怎麼喊，花店裏卻一點動靜也沒有。

「你好，有人嗎⋯⋯哎呀！」

當烏冬看進店內，竟嚇得一屁股坐在地上！

蛋蛋鬼似乎察覺到一絲異常，繞着手臂說：「怎麼想都覺得奇怪。」

　　古仔隨手擦擦鼻涕，問：「什麼？有什麼好奇怪？」

　　「雖說死神之花會招來惡鬼和災難，但跟現在的情況好像有點不一樣。就似……」蛋蛋鬼蹙起眉續道，「有人故意攻擊木偶。」

　　烏多聽了不由得顫抖起來。

　　「是誰？惡鬼？還是地獄使者？」

「這是毛毛蟲惡鬼，名叫『巨蠶』。」

古仔和烏多都很驚訝，齊聲說：「這是惡鬼？」

「毛毛蟲本來就夠討厭，惡鬼也相當討厭，而毛毛蟲惡鬼就是雙倍討厭！」烏多厭惡地說。

蛋蛋鬼語重心長地提醒二人：「你們千萬不要輕視它！巨蠶看起來雖然不怎麼樣，卻是非常有智慧的惡鬼。」

「這些毛毛蟲⋯⋯是不是在吃我們那張地圖呀？」古仔指着地板問。

烏多嚇了一跳，趕緊把地圖撿起來。

咚咚咚！原本啃咬着紙張的巨蠶一隻一隻掉到地上去。

「啊！」烏多慘叫起來，因為地圖已經被它們咬得支離破碎，千瘡百孔。

「蛋蛋鬼！快看看這個！」

古仔一邊說，一邊揮動手中的樹葉。

蛋蛋鬼一看，驚訝得把雙眼瞪得圓圓的。他說：「這不就是樹根的『根』字嗎？」

烏多挑眉質疑道：「咦？毛毛蟲也會寫字？」

「沒錯！果然是高智慧的惡鬼啊！這就好像在給我們提供線索呢……」蛋蛋鬼說着突然靈光一閃，「難道……」

他立即指着地上那些地圖碎片，發號施令：
「烏多，快把破了的地圖拼起來看看！」

蛋蛋鬼跳上地圖，說：「只要沿着根部逆向尋找，就能找到死神之花的位置了。」

他像在玩迷宮遊戲一樣，小手跟着地圖的裂縫不斷移動，最後停了下來。

「那個地方就是……」

不遠處傳來一陣讓人討厭的冷笑聲。

嘻嘻，果真是當局者迷，吱吱吱！

原來是鬼鼠的聲音，它真的很鬼祟呢！

「哼，你打從一開始就知道了嗎？」蛋蛋鬼怒吼。

鏜嘟！置物架上的花盆忽然掉到地上。眾人抬頭一看，終於從架上的暗處發現這隻惡鬼的身影。

當然啦！我一知道就馬上來找你們了⋯⋯

我從沒聞到「死神之花」的氣味啊！

跳

當然聞不到呀……

　　因為那東西真正的形態並不是花，而是樹。吱吱！

　　「樹？這是什麼意思？你能不能仔細地解釋清楚呢？」蛋蛋鬼焦急地問。

　　說着說着，地板又再次搖動起來。

　　已經時間無多了吧？我建議你們最好還是回去文具屋看看，吱吱！

　　鬼鼠只留下一段讓人猜不透的話，便消失在黑暗之中。

鬼符文具屋

古仔、烏冬和蛋蛋鬼一刻也不敢多逗留，立即飛奔回去鬼符文具屋。然而，太陽已在漸漸下山了。

蛋蛋鬼望着火紅的晚霞，禁不住慌張起來。他驚呼：「糟糕了！黑夜來臨之時，死神之花就會盛開……」

古仔和烏多跟着地圖的指示，穿過一條狹窄的街道，再沿着樓梯往下走。

「開心區有這樣的小路嗎？」

烏多四處張望，對周遭的陌生環境感到新奇。

不一會，古仔大叫：「咦？我們到了！但是……」

文具屋不是好端端嗎？

真的嗎？

累死啦……

轟隆隆！天空毫無預警地響起了一陣乾雷，本來給晚霞映出一片紅的天空瞬間烏雲密布。

　　「咦？今天天氣預報明明說不會下雨啊！」

　　接着，一些神秘的黑影從四方八面冒出來，將鬼符文具屋重重包圍。

　　「各位，那是……」蛋蛋鬼瞪大雙眼，嚇得不知所措。

鬼符文具屋不斷在吸收惡鬼啊！

「是城隍樹嗎？」古仔推測。

烏多從未聽過這種樹，他不明所以地問：「城隍……樹？」

「城隍樹是守護社區的神聖樹木啊！」蛋蛋鬼解釋，「在很久以前，每個社區都有一棵城隍樹。祂負責守護那一區，替人們消災解難，還會為居民實現願望。但是某一日……」

「你覺得呢？還會是為了什麼？」蛋蛋鬼聳聳肩，無奈地說下去，「隨着社區不斷發展，人們就把這些看不順眼的樹木砍掉。現在說得好聽一點，就是要破除迷信。」

烏多認真地聽完這番話，卻說不出半句話來。良久，他歪着頭問：「為什麼我從未聽說過這些事？」

　　蛋蛋鬼回答：「因為這是很久很久以前的事了，在你這個年紀的孩子當中，大概沒有人會知道。」

　　烏多立即指着古仔，問：「為什麼他會知道？」

　　蛋蛋鬼沒好氣地說：「剛剛不是說過了嗎？古仔是從過去到這裏來，他是過去的人……」

　　古仔激動得把蛋蛋鬼噴了滿臉口水，蛋蛋鬼於是一邊擦掉口水，一邊說：「沒錯。看來是城隍樹的神靈心懷怨恨，變成了惡鬼。」

　　「可是，為什麼城隍樹會在鬼符文具屋裏出現呢？」

　　「現在回想起來，木偶曾經說過這樣的話。」蛋蛋鬼回憶着。

　　「咦？什麼話？」

「驚……驚心動魄的大事？大叔早就預料到未
來會發生這樣的事嗎？」烏多震顫着嘴唇追問。
蛋蛋鬼點點頭，說：「嗯，恐怕是了。」

狂風呼呼地吼叫，漸漸在文具屋上方形成一股強勁的龍捲風，它正向着古仔和烏多捲過去！

　　古仔大叫：「啊！我看不見前面了！」

　　烏多大喊：「身……身體好像要飛起來了！」

　　龍捲風越吹越猛烈，快要把古仔和烏多捲到半空！

　　這時，有一把意想不到的聲音呼喚二人。

　　「喵！」

　　古仔和烏多彎下腰，拚命爬進室外桌子底下。當二人一躲進去，龍捲風就難以置信地停止了。

　　蛋蛋鬼惡狠狠地罵道：「果然是城隍樹搞的鬼！」

嘻嘻嘻——

古仔、烏冬和蛋蛋鬼一起望向笑聲傳來的方向，只見鬼鼠掛着狡猾的笑容站在那裏。

看來你們終於發現了城隍樹惡鬼呢，怎麼樣？需要我幫忙嗎？

蛋蛋鬼果斷地拒絕：「夠了！你以為我不知道你的詭計嗎？」

突然，一些詭異的黑影鑽進桌子下面，瞬間便纏住了烏冬雙腿。

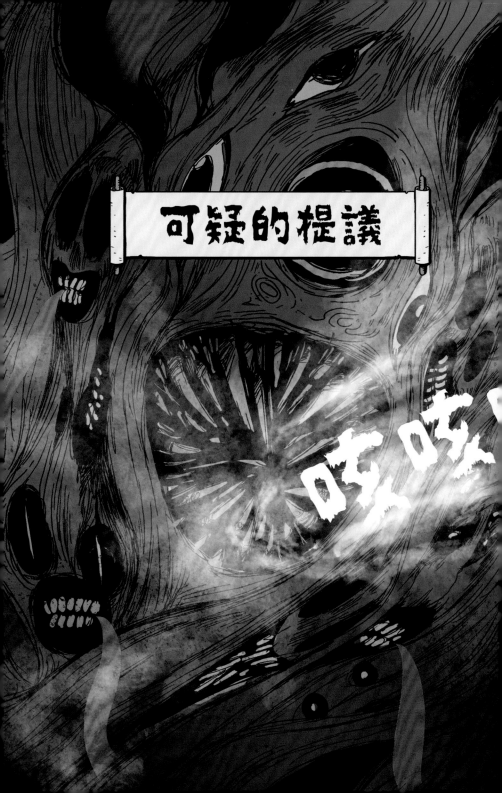

就在古仔徬徨無助的時候，他看到一件屬於文具屋大叔的東西從天而降。

「這不是『彩虹彈弓圈』嗎？」古仔思量着。

彩虹彈弓圈是一種既可以捲成一圈圈，又能延伸的玩具。古仔不由分說撿起它，向着烏多的方向用力扔出去。

　　古仔和城隍樹惡鬼就像在玩拔河，把夾在中間的烏多拉來拉去，各不相讓。有好幾次，彩虹彈弓圈也幾乎從古仔手中溜走。

　　「不……不可以！」

　　古仔使出渾身的氣力，緊緊抓住彈弓圈。他使勁地吶喊：「嗚啊啊啊啊！」

　　本來纏繞住烏多的樹枝終於支持不住，開始咔嚓咔嚓地斷裂。

　　烏多拔足狂奔，頭也不回地跑回古仔身邊。他喘着氣說：「呼呼，差一點就沒命了……」

　　古仔着急地問：「蛋蛋鬼在哪裏？」

　　烏多理所當然地說：「蛋蛋鬼？當然在我的頭髮裏啊！」說罷，他就在自己那頭蓬鬆的鬈髮裏翻呀翻，找呀找。

　　「咦？」烏多心知不妙。

古仔指着城隍樹惡鬼大叫：「在那裏！」

可惜一切已經太遲了，城隍樹惡鬼早就張開了血盆大口，準備一口吞下蛋蛋鬼。

蛋蛋鬼用盡最後的氣力呼喊：「孩子們，你們一定要將這隻惡鬼……」

　　一陣毛骨悚然的笑聲令古仔全身起雞皮疙瘩，
背脊發涼。

　　「剛才你看⋯⋯看⋯⋯看見了嗎？」

　　「看⋯⋯看⋯⋯看見了。那隻惡鬼竟然笑⋯⋯
笑⋯⋯笑了。」

　　古仔和烏多嚇得快要尿褲子！

這時，他們身邊傳來了細細碎碎的聲音。

哎呀，本來收服惡鬼的卻反過來遭惡鬼收服，真好笑！

「這聲音？」

古仔和烏多環顧四周，發現了鬼鼠的蹤影。

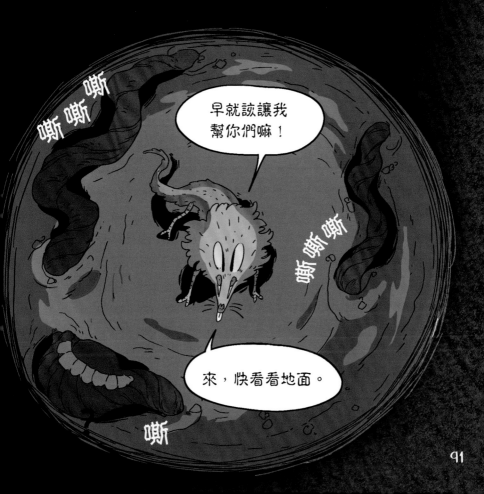

嘶嘶嘶

嘶嘶嘶

早就該讓我
幫你們嘛！

來，快看看地面。

嘶

鬼鼠一邊爬上樹根，一邊說話。

城隍樹惡鬼在吞噬其他惡鬼呢，
吱吱。

「咦？怎麼吞噬？」古仔問道。

鬼鼠兩條後肢一挺，穩穩地站了起來。

**想想看，為何城隍樹惡鬼要攻擊
其他社區的木偶？**

當然是為了
將那裏……

藏着的鬼符
搶過來！

轟轟轟轟！
　地面隨着響聲快速升起，彷彿地底所有地鼠一起衝出來！

　　古仔接受了鬼鼠的提議，鬼鼠卻搖搖尾巴，不慌不忙地提出條件。

　　但我有一個條件，吱吱！

　　古仔連忙問：「條件？什麼條件？」
　　鬼鼠再度露出狡猾的微笑。

　　這不是什麼難事，只要答應我一個請求就行了，吱吱！

旁邊的烏多連忙插話：「不可以，古仔！我總覺得這隻鬼鼠不太可信！」

可是，烏多說什麼也沒用，因為古仔已經一口答應了。

好！你答應了，對吧？

鬼鼠用它的大門牙啃咬樹根，令原本不斷移動的樹根蜷縮起來，還發出尖銳的慘叫聲。

多虧了鬼鼠，古仔和烏多才能逃出生天。

「呼⋯⋯呼⋯⋯謝謝你！」

烏多漸漸分不清鬼鼠到底是惡鬼，還是善良的鬼了。

要消滅城隍樹惡鬼，就只有一個辦法。你們再看看那棵樹吧，吱吱！

古仔和烏多瞪大眼睛，仔細端詳城隍樹。

「看哪裏？要怎麼看⋯⋯啊！」烏多似乎找到了什麼線索。

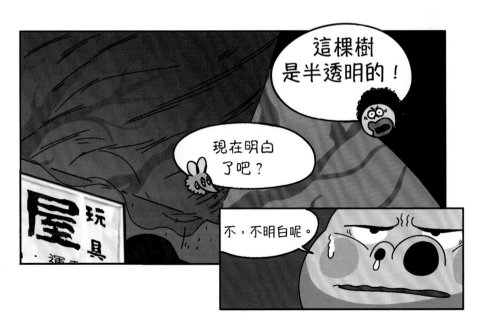

鬼鼠盯着古仔，嘗試解釋。

那棵樹並不是真實存在的，它是一般人肉眼看不見的鬼魂。吱吱吱！

「咦？」

突然，一團黑色花瓣呼呼地向古仔和烏多襲來！

是剛才在咒語餅店見過的花瓣！

啊！

碰到那些花瓣就完蛋了！

文具屋大叔的雨傘讓古仔和烏多避過了黑色花瓣的攻擊。

　　「差……差點就出事了。」兩個孩子驚魂未定，鬼鼠也爬到烏多的爆炸頭裏喘一口氣。

　　鬼符文具屋底下還埋着樹根，恐怕要去除樹根，才能徹底消滅城隍樹惡鬼。吱吱！

　　「樹根？」

　　沒錯，就是城隍樹的根部。吱吱！

　　古仔和烏多一臉疑惑。

　　從前的人在砍掉城隍樹時，本想把樹連根拔起。沒想到樹根比想像中埋得更深，無法完全拔掉。於是……

大概是城隍樹覺得被人類背叛了，心中怨恨太深，使往後踏足那片土地的人要麼就是產生幻覺，要麼就是無故得病。直到某一日，那裏建了一座建築物。

什麼建築物？

沒錯。

難道是鬼符文具屋？

那是為了保護開心區而建的。

英 雄

聽了鬼鼠的解釋，烏多終於搞清楚來龍去脈。他緩緩地點了點頭，說：「所以當文具屋大叔一消失，這裏就開始發生一連串怪事。對吧？」

就是這樣，吱吱！

古仔和烏多只顧談話，沒有察覺周遭飛來了數十隻烏鴉。烏鴉羣用嘴叼起兩個孩子的衣服和頭髮，將他們提了起來。

「走開！快走開！」

二人不斷掙扎，試圖驅趕烏鴉。

鴉

不要！

救命啊！

鴉

鴉

鴉

才不！我也怕烏鴉！

103

鬼鼠一蹦一跳地登上屋頂，朝着兩個孩子大喊。

記住要拔掉樹根啊！吱吱！

吊在半空中的烏多生氣了，他怒吼：「管它樹根還是樹枝，我們現在怎麼動手拔？」

說罷，所有烏鴉一起鬆開口，把古仔和烏多扔了下去。

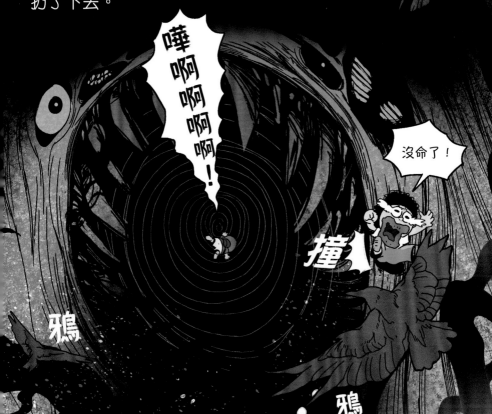

暗房的秘密

保佑我今次考試合格……

請保佑我的女兒平安順產……

求你保佑我爸爸早日康復……

希望我能成為富豪

　　蛋蛋鬼奮力掙脫古仔的擁抱，道：「明明叫你消滅惡鬼，你卻被惡鬼吞掉。唉，這下該怎麼辦才好？」

　　「咦？等一等！」古仔動了動鼻子，認真地聞了聞。

「這氣味⋯⋯感覺好熟悉呢？」古仔思索着。

「你以前也試過進入城隍樹體內嗎？」蛋蛋鬼疑惑地問。

「有一陣木頭味、霉臭味、灰塵味⋯⋯」古仔靜靜地閉上眼睛，陷入沉思，「這到底是什麼味道呢？」

不一會，古仔才恍然大悟。

「對了，是暗房的氣味啊！」

「咦？」蛋蛋鬼還未反應過來。

古仔隨即打開書包，胡亂翻找裏面的東西。

蛋蛋鬼一臉迷茫，問：「你在做什麼呀？」

「我記得書包裏有的⋯⋯啊，就是這個！」說着他就從書包中取出一盒六角形的⋯⋯

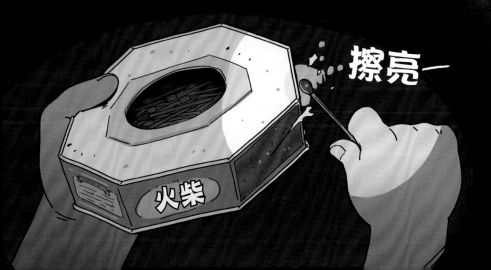

先開燈再說吧。

咔嚓

　　燈光不僅照亮了暗房，還燃亮了古仔的大腦，讓他靈機一動，冒出一個想法來：「對了，我們要找城隍樹的樹根。」

　　「樹根？」

　　「嗯，樹根就藏在文具屋某個角落。只有移除樹根，才能將城隍樹惡鬼徹底消滅。」古仔解釋。

　　「你是怎麼知道的？」蛋蛋鬼追問。

　　「是鬼鼠說的。」

　　蛋蛋鬼一聽，便衝過去抓住古仔的褲腳，質問道：「你該不會是……答應了鬼鼠的交易條件吧？」

古仔點了點頭，令蛋蛋鬼生氣不已。

　　他用力拍打古仔的額頭，罵道：「天啊⋯⋯你這笨蛋！怎麼可以隨便答應惡鬼的要求？一旦約定了，到死為止⋯⋯不對，應該是死了也得遵守承諾！」

　　古仔抓抓頭，完全不明白問題出在哪裏。

　　「那我遵守承諾不就行了嗎？」

　　「你知道那是什麼請求嗎？說不定會讓你陷入危險的啊！」

　　古仔頓時雙手抱頭，高聲呼喊：「啊！蛋蛋鬼！」

　　「你終於明白情況有多麼嚴重，開始後悔了吧？」

　　「不，不是。你的身體⋯⋯」

蛋黃掉落

在慢慢消失啊！

啊！

　　「鬼鼠的事情以後再說，現在先找樹根吧。快！再過一會，我的身體就會被城隍樹惡鬼完全吸收。」蛋蛋鬼催促着。

　　「知道了！」

　　古仔連忙跪下來，趴在地上到處尋找。

　　「奇……奇怪了？我們已經找遍了暗房，怎麼仍然找不到？」

黑暗中，只隱約看見蛋蛋鬼剩下半邊身體。

蛋蛋鬼有氣無力地說：「古仔，時間無多了，現在唯有等外面的烏冬來救我們。」

「等烏冬救我們？但是……」

古仔慌慌張張地翻找自己的褲袋。

惡鬼符咒全都在我這裏呢？

抖落

什麼？

蛋蛋鬼幾乎用光所有氣力，只能躺在地上。

他呻吟着：「一切都完了……如果你、我和烏冬都消失掉的話，這個世界就會掌握在城隍樹惡鬼的鼓掌之中，變成人間地獄了……」

「不會的！別放棄，振作起來吧！樹根一定就在暗房裏。」

古仔將兩隻手指放在太陽穴上，東張西望，儼然在感應文具屋大叔的心思。

「嗯，如果我是大叔的話，會將樹根藏在哪個地方呢？一定會藏在其他人絕對找不到的隱秘之處……」

難道在那裏？

蛋蛋鬼興奮地跳了起來，現在他總算可以放下心頭大石了。

　　「太好了，古仔！快燒掉樹根吧，不過……」蛋蛋鬼咽一咽口水，凝重地說，「這樣做的話，鬼符文具屋也會被燒焦的。那就是說……」

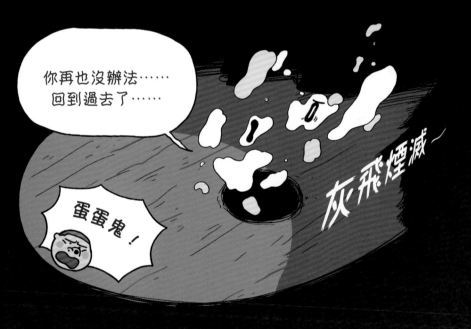

你再也沒辦法……
回到過去了……

灰飛煙滅～

蛋蛋鬼！

　　話還未說完，蛋蛋鬼的身體已化成風，消失不見了。

古仔慌張地摸摸自己的身體，害怕得自言自語起來：「大叔曾經說過，如果我一年之內無法回到過去，就會變成惡鬼……」

他抬頭環看四周，盤算着：「假如這個暗房消失，我就永遠回不到過去……」

古仔越想，思緒就越混亂。

「古仔仔仔仔——」

城隍樹外忽爾傳來烏多清脆的聲音，讓古仔頓時清醒過來！

他終於下定決心，決絕地說：「對不起了，羅烏多……」

接着，他將暗房內所有玩具扔進地洞裏，覆蓋住城隍樹的樹根。

「好，這樣應該可以了。」

我恨呀呀呀～

嗖嗖嗖嗖～

城隍樹惡鬼不斷掙扎，最後始終支撐不住，與火光一同被吸進惡鬼符咒。

　　蛋蛋鬼戰戰兢兢地抬起頭，臉上還帶着感動的淚水。

　　「你終於⋯⋯捉住了城隍樹惡鬼？」

　　古仔故作淡定地聳聳肩膀。

　　「當然！除了我，還有誰能收服惡鬼？」

大火把鬼符文具屋燻得焦黑，還燃起了裊裊灰煙。

天空中的閃電好像在與火和應，傳來啪滋滋的聲音。突然，一道閃電直直地劈向屋頂，發出轟隆隆的巨響！

　　文具屋大叔深深吸一口氣，搖搖擺擺地站了起來。

　　他咬牙切齒地說：「該死的地獄使者！差點就一命嗚呼，再也聽不到粉紅少女的新歌了……呃咦？」

文具屋大叔暴跳如雷，向古仔和烏冬怒吼：
「你們兩個到底做了什麼？」

「嗯……是這樣的……」二人支吾以對。

在一旁的蛋蛋鬼忍不住插嘴道：「他們收服了城隍樹惡鬼。」

「我管你是城隍樹還是地隍樹，現在最重要的是……」大叔忽然驚醒過來，
「什麼？你說什麼？」

文具屋大叔歎道：「你們兩個居然收服了城隍樹惡鬼，簡直不可思議……」

　　烏冬踏前一步，打算把整個捉鬼過程娓娓道來。

　　「當然啦！我們一開始呢……」

　　可是，大叔根本沒有細聽。他傷心欲絕地跪下來，仰天長嘯。

　　「多了城隍樹惡鬼的鬼符又有什麼用呢？現在已經無補於事。要是我在一星期內收集不到一百個鬼符……」

古仔把一個沉甸甸的袋子交給大叔，問：「這些可以嗎？」

大叔一邊打開袋子，一邊問：「這是什麼？」

文具屋大叔淚眼汪汪地凝望古仔，問：「你從哪裏得到這些鬼符的？」

　　古仔挖挖鼻孔，隨意道：「我在那邊撿到的呢。」

　　蛋蛋鬼連忙衝過去，阻止古仔和大叔把鬼符據為己有。

　　「不行，不行！這些鬼符全是城隍樹惡鬼從其他木偶那裏搶過來的，要還給他們！」

　　可是，不管蛋蛋鬼說什麼，文具屋大叔一句也聽不進耳朵。

在他們樂極忘形的時候，一把詭異的聲音喚醒了眾人。

恭喜你們收服了城隍樹惡鬼！相信······

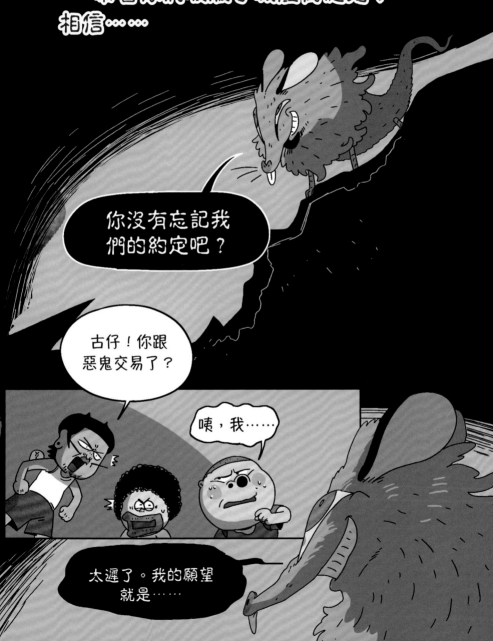

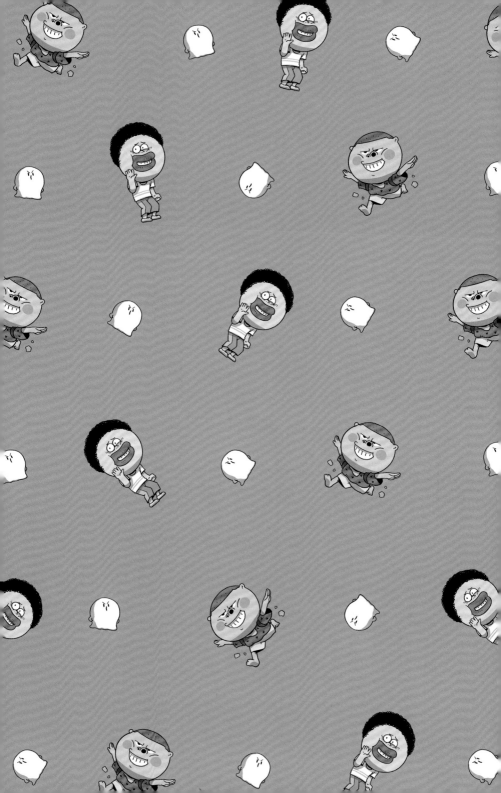

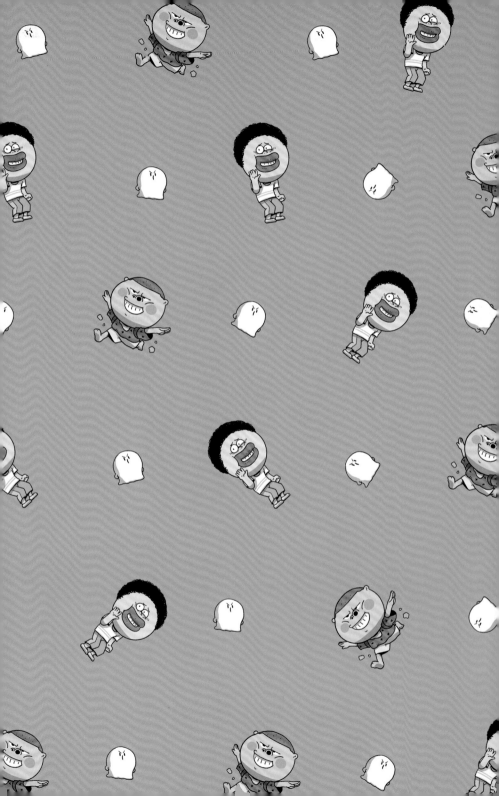